COLLECTION GERMAIN HÉDIARD

(2e Partie)

N° 107 du Catalogue.

Lithographies — Eaux-Fortes

DESSINS

Pièces Anciennes   Estampes Japonaises

Me SAULPIC   M. LOYS DELTEIL

1904

CATALOGUE

DES

LITHOGRAPHIES, EAUX-FORTES
CLICHÉS VERRES
ESTAMPES JAPONAISES
ESTAMPES ANCIENNES

DESSINS

Composant la seconde partie de la Collection

GERMAIN HÉDIARD

dont la vente après décès,
par suite d'acceptation bénéficiaire, aura lieu

à Paris, HOTEL DROUOT, Salle N° 8

Les Mardi 29 et Mercredi 30 Novembre 1904,

à 2 heures précises.

Par le Ministère de Mᵉ SAULPIC

COMMISSAIRE-PRISEUR

69, rue Sainte-Anne

Assisté de M. LOYS DELTEIL, Artiste-Graveur, Expert

22, rue des Bons-Enfants

CONDITIONS DE LA VENTE

Elle sera faite au comptant.

Les acquéreurs paieront *dix pour cent* en sus des prix d'adjudication.

M. LOYS DELTEIL remplira les commissions que voudront bien lui confier les amateurs ne pouvant y assister.

Il se réserve en outre, la faculté de rassembler ou de diviser les lots.

MM. les amateurs pourront voir les pièces isolées 22, *rue des Bons-Enfants*, du mardi 22 au samedi 26 Novembre 1904, de 10 heures à 4 heures.

ORDRE DES VACATIONS

Mardi	28 Novembre.	nos 1 à 275
Mercredi	29 »	nos 276 à 513

N° 237 du Catalogue.

ESTAMPES

AFFICHES

1. — Affiches par Chéret, Grasset, Willette. — Les coulisses de l'Opéra, Buttes-Chaumont, Moulin Rouge, Librairie romantique, etc.). Quarante-huit affiches, la plupart de Chéret.

ALLEMAND (Hector)

2. — Le Repos sous les arbres (Ch. Le Bl. 33). — Paysages. Trois pièces. Belles épreuves.

AMAN-JEAN (Edmond)

3. — Rêverie. — Femme à mi-corps, de profil à droite. Deux lithographies. Belles épreuves.

AUGUSTE (Pseudonyme du baron de Jassaud)

4. — Sujet de genre. Suite complète de six lithographies. Très belles épreuves sur chine.

BALAN (E.)

5. — Maisons à Abbeville. In-fol. Superbe épreuve sur chine.

BARON (Henri)

6. — Jardins d'Orient, 1846. — Concert, 1850. Deux pièces. Très belles épreuves sur chine.

BARYE (Antoine-Louis)

7. — Antilopes. Lithographie anonyme. Très belle épreuve sur chine. Rare.

8. — Lion de Perse. — Une Lionne et ses petits. — Etude de Tigre. — Etude de Chats. — Ours du Missisipi. Cinq pièces. Belles épreuves.

BERGHEM (N.). — RUYSDAEL (J.)

9. — La vache qui s'abreuve (B. 1). — Divers animaux (13—16). — La Chaumière au sommet de la colline. Six pièces. Belles épreuves.

BESNARD (Paul-Albert)

10. — Cinq têtes de Femmes. Très belle épreuve tirée en bistre, *signée et numérotée*. Très rare.

BLÉRY (Eugène)

11. — Ravin de la Faille. — A Fontainebleau. — Paysages divers. Six pièces. Très belles épreuves.

BODMER (Karl)

12. — En Forêt (Loys Delteil 85). Grand in-fol. Très rare.

N.-B. — La figure du bûcheron a été exécutée par Millet.

13. — Marcassins. — A l'abri du givre. — Intérieur de Forêt. — L'Etang aux Canards. — Les Paons dans la forêt. — Au bord de l'eau. Six pièces. Belles épreuves.

BOIS ANCIENS

14. — Sujets divers et paysages. Onze pièces par Boldrini, Dom. delle Greche et anonymes.

BOLSWERT (Schelte à)

15. — Silène ivre, d'après Ant. van Dyck. In-fol. Très belle épreuve.

BONHOMMÉ (François)

16. — 15 Mai 1848. (Envahissement de l'Assemblée) (H. B. 3). Quatre belles épreuves, deux *avant la lettre* ou *avant toute lettre*.

17. — 23 juin 1848. (Attaques des Barricades ; passerelle du Canal St-Martin). Très belle épreuve avec *dédicace*.

18. — Mineurs allemands (Vieille montagne). La Boussole. In-fol. Deux superbes épreuves une *avant la lettre*, avec *dédicace*.

BONINGTON (Richard-Parkes)

19. — Rue du gros Horloge, à Rouen, 1824. Très belle épreuve sur chine.

20. — Tour du gros Horloge, à Évreux. — Façade de l'Eglise de Brou. — Vue d'une des rues des faubourgs de Besançon. Quatre pièces. Très belles épreuves sur chine.

21. — Restes et fragments d'architecture ou la *Petite Normandie*. Suite complète de dix pièces. Belles épreuves, plusieurs sans marges.

22. — Vues pittoresques de l'Écosse, 10 planches (sur 11) et 2 culs-de-lampe. Ensemble quinze pièces. Belles épreuves, plusieurs sur chine.

23. — Voyage au Brésil. Trois pièces. Belles épreuves, deux sur chine.

24. — Sujets de genre. Suite de six pièces. Très belles épreuves sur chine (sauf deux).

25. — Vignette de titre et 6 vignettes pour les *Contes du gay sçavoir*. Belles épreuves.

26. — Croix de Moulin-les-Planches. — Tour aux Archives, à Vernon. — Ruines du Château d'Arlay, 2 vues. — Abside Saint-Taurin d'Evreux. — Façade Saint-Jean, à Lyon. Huit pièces. Belles épreuves, quatre sur chine.

27. — Titre de romances. — Vues. — Marines. Neuf pièces par et d'après Bonington.

BOSSE (Abraham)

28. — *Voicy la représentation du Sculpteur dans son attelier* (G. D. 1386). — Graveurs en taille douce (1387.). Deux pièces. Très belles épreuves.

BOUGUEREAU (William)

29. — L'Aurore, 1880. Eau-forte. Très belle épreuve du 2e état.

BOULANGER (Louis)

30. — Ronde du Sabbat. Grand in-fol. Belle épreuve.

31. — Le Feu du ciel. Grand in-fol. Très belle épreuve sur chine.

32. — Les Fantômes, deux pièces différentes in-fol. et grand in-fol. Belles épreuves.

33. — Le dernier jour d'un condamné. — L'Attaque du lion. — Le Lion et le Tigre. — Androclès. — Attaque du Tigre. — Attaque de l'Ours. — Mazeppa. — Le Sommeil du lion. Huit pièces. Belles épreuves, la plupart sur chine.

34. — Le Meurtre de Polonius. — La Jolie fille de Perth. — Rob-Roy. — L'enlèvement. — Sancho. — La Toilette. — Esméralda. — Daigne écouter... Huit pièces. Belles épreuves.

35. — Sujets divers. Vingt-neuf pièces.

BRACQUEMOND (Félix)

36. — Vue du Pont des Saints-Pères (H. B. 217). Deux superbes et très rares épreuves des 1er et 2e états, l'une avec retouches à l'encre de chine.

37. — Cordier (Louis) (738). — Don Juan (752-753). — L'Arc-en-ciel. Quatre lithographies *signées* et deux gillotages (n° 753).

38. — Portraits. — Sujets divers. — Paysages. Treize pièces. Belles épreuves.

BRESDIN (Rodolphe)

39. — Planches pour la *Revue fantaisiste*. Quatre pièces. Très belles épreuves sur chine.

40. — Le Bon Samaritain. Très belle épreuve sans marge.

41. — Mon Rêve. — Comédie de la Mort. — Intérieur. — Paysage. — Repos en Egypte. — Le Château. Six pièces. Belles épreuves.

BROWN (John-Lewis)

42. — Eventail du Cirque Molier (G. Hédiard 14). Très belle épreuve tirée en *plusieurs tons*.

43. — Dans les bois (6). — Cheval pommelé (7). — Cavalier et Amazone (22). — Trompette de dragons (23). Quatre pièces. Belles épreuves, deux *imprimées en couleurs*.

BUHOT (Félix)

44. — Une matinée d'automne (G. Bourcard 71). — Embarcadère à Trouville (126). — Le Petit Chasseur (181). Trois pièces. Belles épreuves.

BURGKMAIR et SPRINGINKLEE

45. — Les Saints d'Autriche. Dix-neuf pièces. Belles épreuves.

CALLOT (Jacques)

46. — Passage de la Mer Rouge (M. 1). Deux états différents. — Martyre de St-Sébastien (137). Trois pièces. Belles épreuves.

47. — Le Jeu de Boules ou la foire de Gondreville (M. 623). Belle épreuve du 2e état.

CANALETTI (Antonio)

48. — Vues de Venise : Sta Giustina in pra della valle. — Pra della Valle. — La Torre di Malghera, etc., Huit pièces.

CARPI (Ugo da)

49. — Diogène, d'après le Parmesan (B. 10). Très belle épreuve (doublée).

CARRIERE (Eugène)

50. — Carrière (Mme). Superbe épreuve sur hollande.

51. — Le même portrait. Très belle épreuve sur chine.

52. — Tête de femme. In-fol. Très belle épreuve, *signée*.

53. — Tête d'enfant, 1890. Lithographie in-fol. Très belle épreuve avec *dédicace*, *signée*.

54. — Dolent (Jean), littérateur. Belle épreuve sur Japon.

CHAMBORD (Henri, Comte de)

55. — Mes Amours toujours. Lithographie. Très rare.

56. — Sta Maria di porto Salvo, à Naples, 1830. Très rare.

N° 50 du Catalogue.

CHAPLIN (Charles)

57. — Portraits. — Scènes de genre. — Paysages. Onze pièces. Belles épreuves.

58. — Scènes de genre. — Paysages. Dix-huit pièces. Belles épreuves.

CHARDIN (d'après J. B. S.)

59. — Jeune Fille à la raquette, par Lépicié, 1742 (E. B. 29). Très belle épreuve.

60. — Les Tours de cartes, par P. L. Surugue (E. B. 51). Très belle épreuve.

61. — L'Enfant gâté, par Charpentier (E. B. App. 3). Belle épreuve.

CHARLET (Nicolas-Toussaint)

62. — Le Grenadier manchot (La C. 51). Belle épreuve du 2e état.

63. — L'Aumône (La C. 87 R), 1er, 2e et 3e états. Quatre épreuves.

64. — La Marseillaise (La C. 979 RR). Belle épreuve. Très rare.

65. — Costumes de l'Ex-Garde, pl. 4, 5, 16, 17, 20, 24, 25, 26, 29. Neuf pièces.

66. — Vous croisez la baïonnette... (278 — 1er état) — Réjouissances publiques (298 et 299) — L'Instruction militaire (83) — Ils sont les enfants de la France — Le Convoi — Je m'appelle César (547) — Marche de Lanciers (342) — Le Fort St-Laurent (813). Neuf pièces. Belles épreuves.

67. — Sujets divers. Quatre-vingt pièces.

CHASSÉRIAU (Théodore)

68. — Vénus Anadyomède (A. Bouvenne 25) — La Mère et l'Enfant. Deux pièces. Très belles épreuves sur chine.

69. — Apollon et Daphné — Sapho — Othello. Neuf pièces. Belles épreuves, deux *avant la lettre*.

CHAUVEL (Théophile)

70\. — Le Chemin creux, d'après Bonington (Loys Delteil 101) — Chien basset, d'après Decamps (109) — Le Vaisseau-Fantôme, d'après Ch. Meryon (107). Trois lithographies. Belles épreuves sur chine.

CHÉRET (Jules)

71\. — La Femme — Mon petit Premier — Polonaise — Menus de la Marmitte — Fantaisie, etc. Treize pièces. Belles épreuves, la plupart en *épreuve d'artiste*.

CLAIRS-OBSCURS

72\. — St Pierre et St Paul prêchant, d'apr. Caravage — Hercule et le lion de Némée, d'apr. Raphaël — Sujet religieux — Enlèvement d'une Sabine, d'apr. J. de Bologne. Quatre pièces par Andrea Andreani.

73\. — Martyr des Sts Pierre et Paul — Mort d'Ananie — Clélie traversant le Tibre — Un Magicien, etc. Six pièces par Ugo da Carpi, Nic. de Vicence, Goltzius, etc. Belles épreuves.

74\. — Sujets religieux et mythologiques. Sept pièces, par Ant. de Trente, Andreani, Businck, etc. Belles épreuves.

75\. — Sujets religieux. Huit pièces par A. M. Zanetti, d'après le Parmesan. Belles épreuves.

CLICHÉS VERRE

BRACQUEMOND, BRANDON, LABHARDT WACQUEZ

76. — Souvenir de Nice. Une jeune mère fait boire son enfant, 1854 — Forêt de Fontainebleau, 2 épreuves — Croquis divers — Paysages. Six pièces.

BRENDEL (Frédéric)

77. — Coin de bergerie. Epreuve et sens inversé.

COROT (J.-B. Camille)

78. — La Carte de visite au cavalier (1). Deux belles épreuves.

79. — Le Bucheron de Rembrandt. Très belle épreuve.

80. — La même pièce. Trois belles épreuves.

81. — Le Jardin de Périclès. Belle épreuve.

82. — L'Allée des Peintres. Belle épreuve.

83. — La Tour d'Henri VIII. Belle épreuve (sens inversé).

84. — Le Déjeuner dans la clairière, 1857. Belle épreuve.

85. — La Ronde gauloise. Très belle épreuve.

(1) Les titres que nous donnons aux clichés-verre de Corot sont ceux inscrits par M, Alfred Robaut dans *Corot et son œuvre*, actuellement sous presse (Floury, éditeur).

86. — Madeleine à genoux, les bras levés et les mains jointes. Très belle épreuve.

87. — La même pièce. Belle épreuve.

88. — Cache-cache. Très belle épreuve.

89. — Bouquet de Belle-Forière. Très belle épreuve.

90. — Le Bois de l'hermite. Très belle épreuve.

91. — La même pièce. Epreuve inversée.

92. — Saltarelle. Très belle épreuve.

93. — Dante et Virgile. Très belle épreuve.

94. — Le Chariot allant à la ville. Belle épreuve.

95. — Orphée entraînant Eurydice.

96. — La Fête au dieu Terme. Belle épreuve.

97. — La même pièce. Épreuve inversée.

98. — Environs de Gênes. Belle épreuve.

99. — Souvenir des environs de Monaco. Belle épreuve.

100. — Les Enfants de la Ferme. Sens inversé.

101. — La petite Sœur. Belle épreuve. Sens inversé.

102. — Le Cavalier au bois. Très belle épreuve.

103. — La même pièce. Belle épreuve.

104. — Le Tombeau de Sémiramis.

105. — Le Cavalier en forêt.

106. — Souvenir d'Ostie. In-fol. Très belle épreuve avec le nom de Corot.

107. — Les Jardins d'Horace. In-fol. Très belle épreuve.

108. — La même pièce. Très belle épreuve.

109. — La même pièce. Sens inversé. Très belle épreuve.

110. — La Jeune mère. In-fol. Très belle épreuve.

111\. — La même pièce. Belle épreuve.

112\. — Dans la Montagne. Belle épreuve.

113\. — La Jeune fille et la Mort. Très belle épreuve.

114\. — La même pièce. Très belle épreuve.

115\. — L'Artiste en Italie. Épreuve et sens inversé.

DAUBIGNY (C. F.)

116\. — Le Marais aux canards (F. Henriet 114). Très belle épreuve.

117\. — La même pièce. Très belle épreuve.

118\. — La même pièce. Très belle épreuve et sens inversé.

119\. — Les Cerfs (F. H. 115). Très belle épreuve.

120\. — La même pièce. Très belle épreuve d'un effet différent.

121\. — Sentier dans les blés (F. H. 116). Très belle épreuve.

122\. — Le Pont (F. H. 117). Très belle épreuve et sens inversé.

123\. — Le Ruisseau dans la clairière (F. H. 118). Très belle épreuve.

124\. — Le Grand parc à moutons (F. H. 119). Très belle épreuve.

125\. — Le Gué (F. H. 120). Superbe épreuve.

126\. — La même pièce. Belle épreuve.

127\. — La Rentrée du troupeau (F. H. 121). Très belle épreuve.

128\. — La Fenaison (F. H. 123). Très belle épreuve.

129\. — L'Ane au pré (F. H. 124). Très belle épreuve.

130\. — Effet de nuit (F. H. 125). Très belle épreuve.

131\. — La même pièce. Très belle épreuve.

N° 119 du Catalogue.

132. — La même pièce. Très belle épreuve.

133. — Le Bouquet d'aunes (F. H. 126). Très belle épreuve.

134. — La même pièce. Très belle épreuve.

135. — La même pièce. Belle épreuve et épreuve sens inversé.

136. — Vaches à l'abreuvoir (F. H. 127). Très belle épreuve.

137. — La même pièce. Très belle épreuve.

138. — La Machine hydraulique (F. H. 128). Très belle épreuve.

139. — Vaches sous bois (F. H. 130). Très belle épreuve.

140. — La même pièce. Très belle épreuve.

141. — Chevaux à l'abreuvoir. Cliché verre *non décrit*. Très belle épreuve (coin de gauche restauré).

DELACROIX (Eugène)

142. — Tigre en arrêt (A. Robaut 1282). Epreuve de la coll. Dutilleux.

DUTILLEUX (Constant)

143. — Marécage boisé. Superbe épreuve.

144. — La même pièce. Epreuve et sens inversé.

HUET (Paul)

145. — La Mare aux trois Saules. Superbe épreuve.

146. — La même pièce. Epreuve et sens inversé.

147. — Le Pont. Très belle épreuve.

148. — La même pièce. Epreuve et sens inversé.

149. — Le Torrent. Très belle épreuve.

150. — La même pièce. Très belle épreuve et sens inversé.

151. — Le Passage du gué. Très belle épreuve.

152. — La même pièce. Belle épreuve.

153. — La même pièce. Epreuve et sens inversé.

154. — La Rivière ombreuse. Très belle épreuve.

155. — La même pièce. Epreuve et sens inversé.

156. — Maison de garde à Compiègne. Belle épreuve.

157. — Le Voyageur. Très belle épreuve.

158. — La Chaumière au bord de l'eau. Très belle épreuve.

159. — Ruisseau sous bois. Très belle épreuve.

160. — La même pièce. Très belle épreuve.

161. — Pâturages d'Auvergne. Très belle épreuve et sens inversé.

JACQUE (Charles)

162. — Chevaux à l'abreuvoir. Très belle épreuve.

ROUSSEAU (Théodore)

163. — La Plaine de la plante a Biau. Belle épreuve.

164. — La même pièce. Sens inversé.

VERNET (Horace)

165. — Tête d'Arabe — Tête de cheval, 1855. Deux pièces. Très belles épreuves.

N° 163 du Catalogue.

COROT (J. B. Camille)

166. — L'Etang de Ville-d'Avray (A. Robaut 3). Belle épreuve.

167. — Souvenir d'Italie (A. R. 5). Très belle épreuve du 3ᵉ état.

168. — Environs de Rome (A. R. 6). Très belle épreuve du 2ᵉ état. Rare.

169. — Souvenir de Toscane (A. Robaut 1) — Campagne boisée (8) — Paysage d'Italie (7) — Paysage, autographie. Quatre pièces.

COUVERTURES

170. — Illustrations de Walter Scott, par A. Devéria et C. Roqueplan — Six eaux-fortes par F. Bonvin — Marines, par Eug. Isabey — Retour en France des dépouilles mortelles de Napoléon, par V. Adam. Quatre couvertures ou titres.

COYPEL (d'après Ch.)

171. — L'Amour précepteur, par B. Lépicié, 1730. In-fol. Très belle épreuve.

DAUBIGNY (C. F.)

172. — Les Bergers (F. H. 112). Très belle épreuve du 1er état, sur chine.

173. — Paysages. Cinq pièces. Belles épreuves.

DAUMIER (Honoré)

174. — Portraits de Daumier. Cinq pièces.

175. — Argout (d') (Hazard et Loys Delteil 4) — Dupin (62) — Lameth (111) — Persil (149 bis) — Soult (178). Cinq pièces. Belles épreuves.

176. — Portraits en pied de la *Caricature* : Argout (d') (5) — Baillot (8) — Barthe (14) — Cunin-Gridaine (46) — Etienne (68). Cinq pièces. Très belles épreuves.

177. — Fulchiron (82) — Guizot (97) — Harlé père (98) — Jolivet (104) — Kératry (105). Cinq pièces. Très belles épreuves.

178. — Odier (138) — Podenas (153) — Prunelle (157) — Royer-Collard (166) — Sébastiani (172) — Viennet (191) — B. Delessert (49). Sept pièces. Très belles épreuves.

179. — Juges des Accusés d'Avril : Barbé-Marbois — Lannes — Siméon — Girod de l'Ain, Rousseau, Verhuel — de Sémonville, Thiers, Rœderer. Quatre pièces. Belles épreuves.

180. — La Visite au Salon (229 R). Belle épreuve.

181. — Ah! his! (252) — Le passé, le présent, l'avenir (260) — Mlle Etienne Constitutionnel (263) — Yeux noirs... (264) — Magot de la Chine (268) — Ou allons-nous... (274). Six pièces. Belles épreuves.

182. — Les Mannequins politiques (281) — Athéniens prenez garde à Philippe (287) — Le Maréchal Mortier la veille de Waterloo (289) — Le Carcan (290) — Pour un pauvre Américain... (292) — Gros Jean Buzeaud (297) — Brebis égarées... (304). Sept pièces. Belles épreuves.

183. — Sire! Lisbonne est prise... (258) — Ah! tu veux te frotter à la presse!! (259) — Voyage à travers les populations empressées (267) — Baissez le rideau, la farce est jouée (271) — Les Honneurs du Panthéon (277) — Très bien! très bien!... (279) — Nous sommes tous d'honnêtes gens... (280) — Petits! petits!... (282). Huit pièces. Belles épreuves.

184. — Repos de la France (269). Très belle épreuve.

185. — Celui-là, on peut le mettre en liberté!... (270) Très belle épreuve.

186. — Et pourtant elle marche (278). Très belle épreuve.

187. — Vous avez la parole, expliquez-vous... (301). Très belle épreuve.

188. — Enfoncé Lafayette! (309). Très belle épreuve.

189. — Que diable est-ce qu'ils font là haut (3412). Très belle et très rare épreuve du 1er état, *avant la lettre.*

190. — Le Malade (3955). Très belle épreuve.

191. — L'Education au biberon (235), rare — Le petit Thiers baptisé doctrinaire (452) — La Salle des Pas-perdus (3837) — Mlle de St Herminie (3950) — L'Odorat — Impressions de voyage d'un grand poète. Six pièces. Belles épreuves.

192. — Caricatures politiques extraites de *La Caricature.* Dix-huit pièces.

193. — Caricatures politiques — Scènes de mœurs. Quarante-huit pièces. Belles épreuves.

194. — Caricatures politiques — Scènes de mœurs. Deux cents pièces extraites du Charivari.

DECAMPS (A. G.)

195. — Bataille des Cimbres (A. M. 3 RRR). Très belle épreuve d'une eau-forte de toute rareté. On y a joint une épreuve du transport sur pierre. Deux pièces.

196. — Le Savoyard et le Singe (A. M. 8). Trois très belles épreuves d'états différents, une *avant la lettre, très rare.* — Vue intérieure d'une baraque. Quatre pièces.

197. — Le Chenil — Chasse en plaine — Chasse au furet et à blanc — Chasse au loup — Chienne sortant de sa niche — Intérieur de chenil — Vue d'Orient. Sept pièces. Belles épreuves, une sur chine.

198. — Croquis, 1830-1831 (A. M. 36-47). Suite complète de douze pièces. Belles épreuves sur chine, sauf une.

199. — Croquis par divers artistes. Trente-deux pièces y compris des doubles, plusieurs sur chine.

200. — Paysages — Scènes d'Orient — Caricatures — Titres de romances. Quarante-cinq pièces, y compris des doubles.

DE DREUX (Alfred)

201. — Sujets de chevaux. Neuf pièces. Belles épreuves.

N° 210 du Catalogue.

N° 210 du Catalogue.

DEGAS (d'après Edgar)

202. — Album de 15 lithographies d'après Degas, par G. W. Thornley. Suite complète. Très belles épreuves.

203. — La même série en même condition.

DELACROIX (Eugène)

204. — Tigre couché à l'entrée de son antre (A. M. 9). Très belle épreuve.

205. — Steenie (A. M. 13). Deux épreuves, une rare avec la mention : *à tirer en rouge*.

206. — Goetz de Berlichingen (A. M. 22, 23, 25 et 26). Quatre pièces. Belles épreuves sur chine (le n° 26 en 1er état).

207. — Médailles antiques (A. M. 30-34). Cinq pièces. Belles épreuves, quatre avec l'adresse de G. Engelmann.

208. — Macbeth consultant les sorcières (36) — Duguesclin à cheval (47 — 2e état sur 3) — L'Empereur Charles-Quint au monastère de St Just (50 R) — Juive d'Alger (54) — Chef maure à Meknez. Cinq pièces. Belles épreuves.

209. — Jane Shore (A. M. 40) — Hamlet (41). Deux pièces. In-fol. Belles épreuves sur chine.

210. — Lion de l'Atlas — Tigre royal (A. M. 42-43). Deux pièces. Très belles épreuves sur chine, avec le cachet d'Ardit.

211. — La Sœur de Duguesclin (A. M. 46). Très belle et fort rare épreuve d'un 1er état *non décrit*, avant toute lettre et *avant de nombreux travaux*. On y a joint une épreuve du 2e état. Deux pièces.

212. — Jeune Tigre jouant avec sa mère (A. M. 49). Très belle épreuve du 1er état.

213. — Lion dévorant un cheval (A. M. 56). Très belle épreuve de l'avant-dernier état, sur chine.

214. — Faust (A. M. 58-75). Quinze pièces d'une suite de 17 pl. Belles épreuves de divers tirages.

215. — Nous sommes tous d'insignes vauriens, pl. 5 de l'Hamlet (A. M. 80). Très belle et rare épreuve du 1er état.

216. — Vraiment ce conseiller est maintenant bien silencieux, pl. 11 de l'Hamlet (A. M. 86). Très belle et rare épreuve avant la lettre.

217. — Ah! je meurs, Horatio!, pl. 16 de l'Hamlet (A. M. 91). Très belle et rare épreuve avant la lettre.

218. — Planches 1, 2, 4, 6 et 10 de l'Hamlet. Cinq pièces. Très belles épreuves, deux sur chine.

219. — La Consultation (95) — Duel polémique entre Dame Quotidienne et le Journal de Paris (A. M. 96) — Les Ecrevisses à Longchamps (97) — Leçon de voltige (98 R) — Gare derrière!!!! (99 RR) — Le Déménagement (100 R). Six pièces. Belles épreuves.

220. — Sujets divers — Animaux. Six pièces.

DELTEIL (Loys)

221. — Renouard (Paul) — Buhot (Félix) — Daumier (Honoré). Trois pièces, la 3e *avant la lettre.*

DESBOUTIN (Marcellin)

222. — Degas, de profil à droite (H. B. 85). — Portrait d'homme. Deux pièces. Belles épreuves, une sur japon.

223. — Bruant (A.), 2 épreuves — Enfants Desboutin, 5 épr. — Le Repos de Bébé. Huit pièces. Belles épreuves.

DEVÉRIA (Achille)

224. — Devéria (Achille), par lui-même. In-fol. sur chine.

225. — Roqueplan (Camille) — Noël (Léon). Deux pièces. Belles épreuves, la seconde sur chine, avec *dédicace de L. Noël.*

226. — Rubini, 2 états — Guy de Gisors — Lamartine (Alph. de). Quatre pièces. Belles épreuves, deux sur chine.

227. — Malibran de Bériot (Mme) — Méréaux (A.) — Ternaux — Chateaubriand — Vigny (Alf. de) — Anonymes. Sept pièces. Belles épreuves,

228. — Sujets divers. Quarante-quatre pièces.

DIAZ (N.)

229. — Croquis, pl. 2 (G. Hédiard 2) — Vignettes, deux lithographies *non décrites.* Très rares.

230. — Les Visions de Quevedo. (G. Hédiard 5 à 10). Suite de six pièces. Onze pièces y compris des doubles en tirages différents.

DIVERS

231. — Sujets divers — Paysages. Quarante-deux pièces par L. Boulanger, de Lemud, Decamps, Denon, Boilly, Canon, etc. Belles épreuves.

DORÉ (Gustave)

232. — La Civilisation terrassant la barbarie, 1855. In-fol. Très belle épreuve. Rare.

233. — Les différents Publics de Paris, 1854. Suite complète de vingt pièces. Belles épreuves.

234. — Les Folies-Gauloises. Suite de vingt pièces (manque la pl. 8), soit dix-neuf pièces. Belles épreuves.

235. — Sujets divers pour le *Musée Anglais-Français.* Quarante-cinq pièces. Très belles épreuves.

236. — Sujets divers. — Titres de romances — Caricatures. — Guerre d'Italie. Vingt-neuf pièces, plusieurs *avant la lettre.*

DUPRÉ (Jules)

237. — Bords de la Somme, croquis (G. Hédiard 8). Très belle épreuve d'une lithographie de la plus grande rareté.

238. — Pacages du Limousin (1-2e état) — Moulin de la Sologne (2-1er état) — Vue prise en Normandie (3-1er état) — Vue prise dans le port de Plymouth (4-1er état) — Vue prise en Angleterre (5-2e état) — Bords de la Somme (6-1er état) — Vue prise à Alençon (7-1er état). Sept pièces. Belles épreuves.

DURER (Albert)

239. — Le Christ dans les bras de Dieu, le Père — La Grande Passion, 5 planches — L'Apocalypse, 1 planche — Samson — Martyre des dix mille Saints. Neufs pièces. Belles épreuves, trois *avec le texte au verso.*

EAUX-FORTES MODERNES

240. — Chevaux — Arabe au repos — Paysage. Six pièces par J. L. Brown, Fortuny et Seymour-Haden.

241. — Sujets divers et Paysages. Treize pièces par Cazin, Français, Duez, Jeanron, Lessore, etc. Belles épreuves.

242. — Sujets divers et Paysages. Vingt-cinq pièces par Edw. Edwards, Appian, Th. Rousseau, Chauvel, etc.

243. — Sujets divers et Paysages. Quatre-vingt pièces.

ÉCOLE ANCIENNE

244. — La Poésie — La Cassolette — La Vierge et l'Enfant Jésus — Le Christ mort — Vénus blessé par l'épine d'un rosier, etc. Onze pièces par ou d'après Raimondi, Mantégna, Lucas de Leyde, Rembrandt et autres.

245. — Sujets religieux et allégoriques — Scènes mythologiques. Onze pièces par Ghisi, le maître au Dé, Bonasone, etc.

246. — Sujets divers — Paysages. Dix-huit pièces par ou d'après Durer, Rembrandt, Raimondi, Vico, Ostade.

247. — Sujets religieux et mythologiques — Paysages. Quarante trois pièces par La Hyre, Mauperché, C. Maratti, etc. Belles épreuves.

248. — Sujets religieux — Scènes mythologiques — Paysages. Soixante-quinze pièces.

ESTAMPES JAPONAISES

249. — Sous ce numéro, il sera vendu par feuille ou par petits lots, deux cents pièces par Outamaro, Kouni-Sada, Toyokouni, Yeisen, Schounteï, Kouniyoshi, etc.

FLERS (Camille) — MARILHAT

250. — Vue prise à La Mailleraye. Eau-forte. Très belle épreuve. On y a joint un exemplaire du transport sur pierre. — Place de l'Esbekich — Souvenir de la Campagne de Rosette. Cinq pièces.

FORAIN (J.-L.)

251. — A la Brasserie — Au café. Deux eaux-fortes rares. Très belles épreuves.

252. — La Toilette. Lith., in-fol. Très belle épreuve tirée en sanguine, *signée*.

FOREL (Alexis)

253. — Le Pont-Royal — Le grand Châtaigner — Rue St-Julien-le-Pauvre — Paysage. Quatre pièces. Belles épreuves.

FRAGONARD (Honoré)

254. — Bacchanale — Le Parc. Copie par Saint-Non. Deux pièces. Belles épreuves.

FRANÇAIS (F.-L.)

255. — Paysages — Titres de romances. Vingt-trois pièces. Belles épreuves.

GAILLARD (C.-F.)

256. — St-Sébastien, 1877 (H. B. 34). Très belle épreuve *avant toute lettre*, sur chine.

GAILLOT (B.)

257. — Sujets divers — Caricatures. Douze pièces.

GAVARNI

258. — Il Pensiero — Repentir — Frontispice des *Artistes anciens et modernes* — Les Débardeurs, pl. 62. Quatre pièces. Belles épreuves.

259. — A Higland piper — Throwing the stone. Deux pièces.

260. — Souvenirs du bal Chicard, pl. 1, 2, 4, 5, 9, 10, 11, 17 et 18. (M. 2272 et suivants). Douze pièces. Belles épreuves, cinq *avant la lettre.*

261. — Œuvres diverses. Soixante dix-huit pièces.

GÉRICAULT (J.-L. Th.)

262. — Le Porte-étendard (Ch. Cl. 3 RR). Très belle épreuve.

263. — *A Paraleytic Woman* (Ch. Cl. 30 RR). Très belle épreuve.

264. — *The Coal Waggon* (36 R). Très belle épreuve.

265. — *Horses going to a Fair* (37 R). Très belle épreuve.

266. — Je rêve d'elle au bruit des flots (Ch. Cl. 7 R.) — Guillaume le Conquérant rapporté après sa mort à l'église de Boscherville (45). Deux pièces. Très belles épreuves.

267. — Etudes de chevaux — Sujets divers. Trente-trois pièces.

GIGOUX (Jean)

268. — Gigoux, par A. de Lemud — Delacroix (Eug.), sur chine — Delaroche (P.), *avant la lettre* — Barye — Boulanger (Clément), rare. — Gérard (B[on]) — Durand (André). Sept pièces. Belles épreuves.

269. — Jeune grecque assise dans un paysage. Très belle épreuve *avant toute lettre*.

270. — Portrait de jeune Femme (H. B. 185). Très belle épreuve sur chine.

271. — Elisabeth d'Angleterre à Kenilworth, *avant la lettre* — St Bernard — L'Hirondelle — Fileuse et jeune Espagnole — Grec blessé, d'après Delacroix. Cinq pièces. Belles épreuves.

272. — Portraits — Sujets divers. Vingt-et-une pièces.

GILLOT (Claude)

273. — Les Ages de la Vie. Suite de quatre pièces in-4. Très belles épreuves.

GIRODET — GROS

274. — Coupin de la Couperie, 1816 — Arabe du désert — Chef arabe. Trois pièces. Très belles épreuves.

GOYA

275. — Caprices — Proverbes. Trois pièces.

GOLTZIUS (Henri)

276. — La Nativité, planche non terminée (B. 21). Belle épreuve.

GREUZE (d'après J.-B.)

277. — La Dame bienfaisante, par Massard, 1778. In-fol. Très belle épreuve, *signée au verso*.

N° 263 du Catalogue.

GUÉRIN (P. N.) — ROBERT (L.)

278. — Le Paresseux — Le Vigilant — Qui trop embrasse mal étreint — Le Repos du Monde — Sujets divers. Seize pièces. Belles épreuves, trois *avant la lettre*.

HADEN (F. Seymour)

279. — Habitation de lord Harrington dans les jardins de Kensington (R. D. 12). Très belle épreuve sur chine.

280. — Vue à Richemond, effet du matin (R. D. 21). Belle épreuve sur japon.

281. — Fulham sur la Tamise (R. D. 18). Très belle épreuve.

HARPIGNIES (H.)

282. — La Mare, 1850 (H. B. 24) — La Rhonelle, près Famars (18) — Les Chaumières — Paysage, d'après A. Knyff. Quatre pièces. Belles épreuves.

HERSENT (Louis)

283. — Les Baigneuses, 1818 — Beaunier? (*Hersent à son ami, 1821*) — Marie-Amélie, Reine des Français — Duc de Bordeaux et Mademoiselle enfants. Quatre pièces. Belles épreuves.

284. — *Choix de sujets tirés des contes de La Fontaine*, 1818, couv. et suite complète de 10 pl. Belles épreuves.

HERVIER (Adolphe)

285. — Scènes de marchés — Scènes rustiques. Six lithographies. Très belles épreuves, *avant la lettre*, sur chine (sauf une).

286. — Paysages — Marines. Quatre lithographies. Très belles épreuves *avant la lettre*, sur chine.

287. — Scènes rustiques — Marines — Paysages. Treize pièces.

HOGARTH (William)

288. — *The Distrest Poet*, 1740. In-fol. Très belle épreuve.

HUET (Paul)

289. — Macédoines (G. H. 1, 2 et 4). Quatre pièces y compris un double. Belles épreuves.

290. — Paysages (G. H. 6 à 17). Suite de douze pièces. Belles épreuves. Vingt pièces de divers tirages.

291. — Ruines d'un chateau (G. H. 20), 2 épr., une *avant la lettre*. — Les Contrebandiers (21), 2 épr., une *avant la lettre*. Quatre pièces Belles épreuves.

292. — *Six Marines lithographiées d'après nature, par P. Huet, en 1832* : Le Calme — La Brise — Arrivée des Barques — St Valéry-sur-Somme — Environs de Rouen — Souvenirs de Fécamp (G. H. 27-32). Six pièces. Très belles épreuves.

293. — Maison de garde à Compiègne (H. B. 80). Très belle et rare épreuve d'essai — Le Midi — Environs de la Haye. Trois pièces.

294. — Six eaux-fortes par Paul Huet : Frontispice — 1° Le Héron — 2° L'Inondation — 3° La Maison du Garde — 4° Les deux Chaumières — 5° Le Braconnier — 6° Un Pont en Auvergne (H. B. 58-64). Neuf pièces y compris deux doubles. Très belles épreuves.

295. — Paysages — Vingt-et-une pièces.

INGRES (J. D. A.)

296. — Les quatre Magistrats de Besançon, 1825 (H. B. 5). Belle épreuve.

ISABEY (Jean-Baptiste)

297. — *Divers essais lithographiques de J.-B. Isabey, 1818*, pl., 1, 3 (2 états), 4 (2 états), 5, 6, 7 et 8. Neuf pièces. Très belles épreuves.

297 *bis*. — Isabey (Eugène), 1821 (70). Belle et rare épreuve du 1er état.

298. — Villeau (71). — Montessuy (de) (72). — Parny (75). — F. Thomas (76). — Le prince Eugène (77). Quatre pièces. Belles épreuves.

299. — Vernet (Mme Horace) ? (81). Belle épreuve.

300. — S. A. R. Mme la Dauphine (G. H. 83) Très belle épreuve du 1er état, *avant la lettre*.

301. — L'Accompagnement (G. H. 91). Lith., fauss. attribuée à Isabey. — Portrait d'Isabey. Photographie. Deux pièces. Belles épreuves.

301 *bis*. — Escalier de la Grande Tour du Château d'Harcourt (G. H. 32). Deux très belles épreuves sur chine.

302. — Planches pour l'ouvrage du baron Taylor (G. H. 31, 1er et 2e états, 32, 33, 1er et 2e états, 34, 35, 1er et 2e états, 36). Douze pièces y compris des doubles. Belles épreuves.

303. — Sujets divers. — Paysages. Huit pièces.

304. — Talleyrand (Mme de), par Schmit, 1821. Très belle épreuve.

ISABEY (Eugène)

305. — Vue de Rouen ? Superbe épreuve, sans aucune lettre, d'une lithographie de la plus grande rareté.

306. — Dessous de porte. Lithographie inédite. Sans aucune lettre. Très belle épreuve sur chine. Très rare.

307. — La Chapelle au bord de la mer. Lithographie inédite, sans aucune lettre. Superbe épreuve. Très rare.

308. — Gros temps ? Lithographie in-fol. Très belle épreuve sans aucune lettre, tirée en bistre. Très rare.

309. — L'Ecluse ? Lithographie in-fol. Superbe épreuve, sans aucune lettre, sur teinte et chine. Très rare.

310. — Retour au port, grande planche. Belle épreuve.

311. — Retour au port, petite planche. Deux belles épreuves, une sur chine.

312. — Souvenir d'Eugène Isabey, 1832, titre avant la lettre. — Vues de Rouen, Caen, de Bretagne (2 pl. diff.). — Normandie. — Vue du château prise du bateau à vapeur. Sept pièces. Belles épreuves, deux sur chine.

313. — Intérieur d'un port. — Marée basse. — Radoub d'une barque à marée basse. — Environs de Dieppe. — Souvenir de Saint-Valery-sur-Somme. — Mont Carmel. Six pièces. Belles épreuves sur chine.

314. — Planches pour l'ouvrage du baron Taylor : Auvergne. Dix pièces y compris un double. Très belles épreuves sur chine.

N° 285 du Catalogue.

315. — Intérieur de palais, d'après J.-B. Isabey. — Marée basse, manière noire, 1831. Deux belles épreuves, une *avant toute lettre*.

316. — Croquis par divers artistes, pl. 27 et 28. Deux pièces. Très belles épreuves, une avec la *signature manuscrite* d'Isabey, l'autre *avant toute lettre*.

317. — Croquis par divers artistes, pl. 5, 6, 13, 27, 28, 43, 44, 53, 54, 66, 70. Dix-huit pièces, plusieurs doubles en états différents.

318. — Bateaux de pêcheurs en rade. — Côté de Douvres, 2 pl., diff. — Brick échoué. Sept pièces. Belles épreuves, six sur chine.

JACQUE (Charles)

319. — Chevaux à l'abreuvoir (H. B. 476). Lithographie très rare. Très belle épreuve sur chine.

320. — Paysages et animaux. Cinquante-neuf pièces.

JEGHER (Christoffel)

321. — Le Christ tenté, d'après Rubens. In-fol. Belle épreuve.

JOHANNOT (les)

322. — Sujets divers. Douze pièces. Belles épreuves.

JONGKIND (J.-B.)

323. — Démolition de la rue des Francs-Bourgeois (H. B. 8). — Sortie de la maison Cochin (9). — Jetée en bois dans le port de Honfleur (10). — Port au chemin de fer à Honfleur (11). — Entrée du port de Honfleur (12). — Sortie du port de Honfleur (13). — Maaslins (14). — Port d'Anvers (15). — Moulins en Hollande (17). Onze pièces. Belles épreuves.

LAEMLEIN

324. — Bernard (Claude), 1858 (H. B. 14). Très belle épreuve sur chine.

325. — Le Réveil d'Adam (H. B. 2) — Tabitha ressuscitée par St Pierre (3) — Vision de Jacob (15) Maupassant (Ch. de), lith. *non décrite*. Quatre pièces. Belles épreuves.

LAMI (Eugène)

326. — Bal costumé — Soirée du grand monde — Tillbury — Croquis — Valking, etc. Dix pièces. Belles épreuves.

LAUTREC (Henri de Toulouse)

327. — Brandès et Le Bargy — Eros vanné — Nib — Zimmerman et sa machine — Programme du Théâtre Libre, etc. Huit pièces, deux *signées*.

LÉANDRE (Charles)

328. — Le Vieux peintre, 1896. Très belle épreuve. Rare.

LEBLANC (Théodore)

329. — Croquis faits en Grèce et dans le Levant — Expédition de Mascara. Dix sept pièces. Belles épreuves.

N° 305 du Catalogue.

LECLERC (Sébastien)

330. — Entrée d'Alexandre dans Babylone — Puer parvulus. Deux pièces. Très belles épreuves, une *avant la lettre*.

LEGROS (Alphonse)

331. — Le Manège (Th. et P. M. 75). Très belle et rare épreuve du 2ᵉ état, à l'eau-forte pure — La petite Marie — Mendiants anglais. Trois pièces.

LEMUD (Aimé de)

332. — Le Retour en France (A. Bouvenne 16). In-fol. Belle épreuve. Rare.

LITHOGRAPHIES

333. — Danseuse au repos — Bucheronnes — Mineurs — Les Courses, etc. Sept pièces par Manet, Carrière, Bonnard, Pissaro et L. Legrand.

334. — Sujets divers — Portraits — Paysages. Quinze pièces par Atthalin, de Curzon, F. Tayler, Madou, Strixner, A. Orlowski, etc. Belles épreuves.

335. — Portraits — Sujets divers. Vingt-pièces par Roqueplan, de Dreux, Guillaumet, Cham, etc. Belles épreuves.

336. — Paysages. Vingt-trois pièces par de Laberge, Catruffo, Harding, T. Abraham, Bertin, etc. Belles épreuves.

337. — Sujets divers. Vingt-trois pièces par Ibels, Mce Denis, Roedel, de Groux, etc. Belles épreuves.

338. — Portraits — Sujets divers — Paysages. Vingt-cinq pièces par Brascassat, Demarne, Aubry-Lecomte, Grandville, etc. Belles épreuves.

339. — Portraits — Sujets divers. Trente-et-une pièces par Hersent, Hennequin, J. A. Laurent, Cooper, Ducornet, etc.

340. — Sujets divers — Portraits — Paysages — Cinquante pièces par divers artistes.

341. — Sujets divers — Portraits — Paysages. Quatre-vingt-quinze pièces.

342. — Sujets divers — Portraits — Paysages. Cent pièces par divers artistes.

343. — Sujets divers — Portraits — Paysages. Cent-cinq pièces par divers artistes.

344. — Sujets divers — Portraits — Paysages. Cent-vingt pièces.

LORRAIN (Claude Gellée, dit le)

345. — La Fuite en Egypte (R. D. 1) — La Tempête (5). Deux pièces. Belles épreuves.

346. — Le Bouvier (R. D. 8). Belle épreuve de la collection Triqueti.

347. — Le Chevrier (19) — Scène de brigands (12). Belles épreuves.

348. — Le Pont de bois (14) — Les Quatre Chèvres (R. D. 27) — Les deux Croquis de Paysages (42). Trois pièces. Belles épreuves.

LUNOIS (Alexandre)

349. — Adresses d'Edmon Sagot, trois variantes — Cimetière oriental — Baile de Flamenco — La Paye des Moissonneurs. Sept pièces. Belles épreuves, deux en *épreuve d'artiste.*

350. — Les Fiancés de Cordoue, 1903. Très belle épreuve du 1er état, *signée.*

MANET (Edouard)

351. — Au Prado (H. B. 13). Très belle épreuve.

352. — Mlle Morizot, deux portraits différents (54-55). Belles épreuves.

353. — Guerre civile (58) — Le Gamin (60). Deux pièces. Belles épreuves.

MANTÉGNA (André)

354. — Hercule et Anthée (B. 16). Bonne épreuve.

MÉRYON (Charles)

355. — La Pompe Notre-Dame (remontée) — Océanie — Nouvelle Zélande. Trois pièces.

MONNIER (Henry)

356. — Les Contretemps — Voyage en Angleterre — — Distractions, 2 pl. — Un Propriétaire — Tête d'homme. Quatorze pièces. Belles épreuves, trois coloriées.

NANTEUIL (Célestin)

357. — Frontispice des *Impressions de voyages*, d'Alex. Dumas — Tentation de St-Antoine — Titre de l'*Artiste* — Une famille du temps de Luther. Quatre eaux-fortes. Belles épreuves.

358. — Galathée d'après O. Tassaert — Encadrements pour l'ouvrage du Bon Taylor, épr. *avant la lettre*. Cinq pièces. Belles épreuves.

359. — Titres de romances — Sujets de genre. Trente-quatre pièces. Belles épreuves.

360. — Titres de romances — Sujets de genre. Cinquante-trois pièces.

PHOTOGRAPHIES

361 — Sujets divers — Portraits. Quatre-vingt cinq Photographies d'après les maîtres anciens et modernes.

PRUDHON (P. P.)

362. — L'Enfant au chien (E. de G. 8). Très belle épreuve du 1er état, sur chine.

RAFFET (A. D. Marie.)

363. — Combat d'Oued-Alleg (H. G. 82). Très belle épreuve avec l'adresse de *la rue du Bac*.

364. — Le Réveil (85). Belle épreuve.

365. — Le Rêve (H. G. 86) Très belle épreuve du 2e état, *avant le titre*, sur double chine.

366. — La Revue nocturne (429). Belle épreuve sur chine, remontée.

N° 346 du Catalogue.

367. — Serrez les rangs (355). — Abordez l'ennemi franchement... (396). — Vive l'Empereur !!! (389). — C'est un Polonais (361). — La Leçon de danse (362). — Le moral est affecté... Six pièces. Belles épreuves. — Sujets divers. Neuf pièces.

368. — La dernière Charette (H. G. 393) — Il est défendu de fumer... (385) — Dernière charge des lanciers rouges à Waterloo (388). Trois pièces. Belles épreuves, la 1re sur chine.

369. — Catalans sur la Rambla (H. G. 172) — Dévouement du clergé catholique dans Rome, 1849 (563) — Sapeurs mineurs, Rome 1849 (567) — Femmes tatares au Baïder (648). Quatre pièces. Belles épreuves sur chine.

RAIMBACH (Abraham)

370. — *The Cut finger*, d'après D. Vilkie, 1810. In-fol. Deux belles épreuves, une à *l'état d'eau-forte*.

RECUEILS

371. — *Le Livre d'or des contemporains ou Recueil de six Sujets gravés* (lithographiés) *par N. Desmadril... ornés de dessins et croquis de C. Boulanger, Decamps, E. Delacroix...* Paris, Bance, s. d. Couverture et six lith. in-fol. Belles épreuves.

REMBRANDT VAN RYN

372. — Le grand Coppenol (B. 283). Belle épreuve du 5e état, de la coll. A. F. Didot.

RIBERA (J.)

373. — Le Corps mort de Jésus-Christ (B. 1). St-Pierre (7). Deux pièces. Belles épreuves.

374. — St-Jérôme (5). Belle et rare épreuve du 1er état avec les *couleurs d'eau-forte.*

375. — St-Barthélemy (6). Très belle épreuve du 2e état.

RIBOT (Th.)

376. — La Tricoteuse — La Recette — Nature morte — Le Mets brulé — Le Braconnier, etc. Douze pièces. Belles épreuves.

RODIN (Auguste)

377. — Victor Hugo, en buste, de trois quarts à droite (Roger Marx 6). Superbe épreuve du 1er état. Très rare.

ROYBET (F.)

378. — Le Joueur d'échecs. Très belle épreuve d'essai.

ROPS (Félicien)

379. — L'Affuteur — La mère Gand et le fils Charles — La Femme au trapèze — Parisine — Pilier d'Eglise. Quatre pièces. Belles épreuves.

380. — Ma tante Johanna — L'Oliviérade — Jean Brouette — La Barque — Dalécarlienne — Vylenspiegel — Dix-sept pièces.

ROQUEPLAN (Camille)

381. — *Album de douze dessins... sur pierre*, Paris, Motte, 1830 (G. Hédiard 1 à 13). Suite complète de douze pl. dans la couv. ill. de publ. Très belles épreuves sur chine.

382. — *Album de douze sujets...* Paris, Motte, 1831 (14 à 26). Suite complète de 12 pl. dans la couv. ill. de publ. Très belles épreuves sur chine, une double *avant la lettre*.

383. — Marine (G. H. 72). Très belle épreuve sur chine lith. *tirée à 3 épreuves*. — La Diligence surprise (70). Deux pièces.

384. — Marines. — Paysages. — Scènes de genre. — Titres de romances. Quatre-vingt-cinq pièces y compris des doubles.

ROSA (Salvator)

385. — Albert, compagnon de St-Guillaume (A. 2). — Cinq fleuves (16). — Apollon et la Sybille Cumée (17). Trois pièces. Belles épreuves.

RUDE

386. — Pêcheur napolitain. Lith. Belle épreuve.

SABATIER (L.)

387. — Tableaux de marine, d'après Eugène Isabey. Deux pièces in-fol. Belles épreuves.

SAINT-ÈVRE (Gillot)

388. — Henri III, Acte 3, Sc. V (H. B. 2). — Le Fauconnier (3). — Ala Cave? (Jeune et vieille femme buvant), 1830 (8). — La Promenade? non décrit. Cinq pièces. Belles épreuves.

SAINT-MARCEL (Edme)

389 — Berger et bergère conversant (Loys Delteil 1). — Bœufs traversant une mare (2). Quatre pièces. Belles épreuves sur chine.

390. — Garde-chasse assis, d'après Decamps (P^t de Jadin) (12). Très belle épreuve.

391. — La Mère Dussère (L. D. 5). Superbe épreuve du 2e état, avec le nom et la date. Rare.

SCHEFFER (Ary)

392. — Croquis lithographiques par Scheffer aîné, 1826 (H. B. 6-13). Suite complète de huit pièces. Belles épreuves sur chine.

STEINLEN

393. — Misère. Superbe épreuve avec *dédicace, signée.*

394. — La Feuille, 14 pl. (texte au verso). — Le Chambard, 2 pl. (hors texte). — La Vérité. — L'Idée Nouvelle. Dix-neuf pièces.

TASSAERT (Octave)

395. — La petite Fille et son chien. — Shyloch, acte 2. Le Manteau. — Badinage. — L'Oiseau, etc. Dix lithographies, plusieurs sur chine.

THOMAS

396. — Un an à Rome, vingt-deux planches coloriées.

TRAVIÈS (C.-J.)

397. — Portraits-charges. — Mystères de Paris. — Mayeux. — Caricatures politiques. Trente-et-une pièces, neuf *avant la lettre.*

VERNET (Carle et Horace)

398. — Costumes militaires. — Portraits. — Sujets divers. Quatre-vingt pièces.

WATTEAU (d'après Ant.)

399. — Le Départ pour les Isles, par Dupin (E. de G. 23). Belle épreuve.

WHISTLER (J. Mac Niell)

400. — Limehouse (W. 37). Belle épreuve sur japon.

WILLETTE (Adolphe)

401. — La Lithographie. — Adresse de Sagot, *avant la lettre.* — Pierrot danse. Trois pièces.

N° 377 du Catalogue.

DESSINS

ALAUX (Gentil)

402. — L'Abandonnée, scène d'Italie. Aquarelle. *Signée.*

ALIGNY (Th. F. Caruelle d')

403. — Sur la route d'Olevano, 1836. A la plume. Signé et daté.

ANDRIEUX (A.)

404. — L'Amateur. — L'Exécution. — Mobiles. — Le Bal. Quatre dessins ou croquis.

405. — Dragon et grisette. A la mine de plomb, rehaussé d'aquarelle.

AUGUSTE ?

406. — Jeune femme courant. A la mine de plomb.

ANONYMES

407. — Scène d'histoire. — Concert dans un atelier. — Etudes de figures. Quatre dessins.

BALZE (Raymond)

408. — Apollon et les Muses. A la mine de plomb. Signé.

BELLA (St. della)

409. — Les Barques — Combat de cavaliers. Deux dessins à la plume.

BELLEL (J. J.)

410. — Paysage montueux. Fusain. Signé.

BERCHÈRE (Narcisse)

411. — Vues prises à Damiette. Deux dessins au crayon noir.

BIDA (A.)

412. — Veuve musulmane pleurant sur une tombe. A la mine de plomb. Signé : *B*.

BLOEMAERT (Abraham)

413. — Martyre de St Sébastien. A la plume, lavé d'encre de chine.

BODINIER (G.)

414. — Etudes diverses. Dix dessins ou croquis.

BOUDIN (Eugène)

415. — Les Barques à marée basse. Aquarelle.

416. — Barques en mer. Pastel.

417. — Marine. — Un marché? Trois croquis, deux légèrement rehaussés.

BOULANGER (Louis) ?

418. — Scène d'Italie. Aquarelle. Signée.

BUREAU (H.)

419. — Etudes de femmes. Deux dessins à l'encre de chine.

CALS (F.)

420. — Un saint Ermite, 1856. — La Tricotteuse, 1854. Deux dessins au crayon noir. Signés et datés.

CHAPONIÈRE (J. E.)

421. — Chez l'artiste, 1832. A la plume, lavé d'encre de chine. Signé et daté.

CHINTREUIL

422. — L'Entrée de village — Le Champ bordé d'arbres. Deux dessins au crayon noir avec rehauts de blanc.

CICÉRI (Eugène)

423. — Château de la Roche. A la mine de plomb avec rehauts de gouache. Signé.

COUDER (Alexandre)

424. — Personnage de la Noblesse en costume d'apparat. Au crayon noir.

DAUBIGNY (C. F.)

425. — Troupeau de vaches sur la lisière d'un bois, le soir. Fusain.

DAUZATS (A.)

426. — Vues d'Espagne, d'Italie et d'Egypte. Cent dessins ou croquis. *Ce numéro sera divisé.*

DECAMPS (A. G.)

427. — Les Bucheronnes — Lion, études de figures. Deux dessins. Fusain et mine de plomb. Signés : *D. C.*

DELACROIX (Eugène)

428. — Masques grimaçants — Croquis de têtes, d'après l'antique. Deux dessins. Plume et mine de plomb.

429. — Porche d'église de campagne. — Vues. Trois croquis. A la mine de plomb, *deux offerts par Ph. Burty, à Edm. Hédouin.*

430. — Feuilles de croquis ou croquis pour la Médée, la Jérusalem délivrée, le Massacre de Scio, etc. Quatorze croquis.

DELAROCHE (Paul)

431. — Buste de femme âgée. A la mine de plomb.

DEMARNE (J. L.)

432. — L'Abreuvoir — Paysages avec animaux — Cinq dessins ou croquis.

DORÉ (Gustave)

433. — Coucher de soleil dans les montagnes. Aquarelle.

DROLLING

434. — Paysanne et enfant. — Le Rôle. Deux dessins au crayon noir.

DUTILLEUX (C.) — ROBAUT (A.)

435. — Paysages. Cinq dessins ou croquis.

ÉCOLES ANCIENNES

436. — Loth et ses filles — La Vierge et l'Enfant Jésus — Allégorie — Paysage, etc. Six dessins par ou attribués à Téniers, Guerchin, Franceschini, Zuccharo.

ÉCOLE FRANÇAISE (XVIIIe siècle)

437. — Vénus peinte en présence des dieux de l'Olympe — Etude de femme — Etude d'homme. Trois dessins ou croquis.

FEUCHÈRE (Jean)

438. — Compositions diverses. Neuf dessins ou croquis.

FLANDRIN (Hippolyte)

439. — Le Christ — Ste Marthe. A la mine de plomb et à la sanguine. Signés.

FLERS (Camille)

440. — Paysages — Animaux — Figures. Quatorze dessins ou croquis.

FRANCIA (Franç. Louis)

441. — Marines. Deux dessins rehaussés.

FROMENTIN (Eugène) — HEILBUTH

442. — Jeune Turc assis — Etude de Femme. Deux dessins au crayon noir, avec légers rehauts, ou mine de plomb.

GAILLARD (C. F.)

443. — Vieille femme, un enfant sur les genoux — Sujet antique — Homme en bonnet. Trois dessins ou croquis. Griffe.

GÉRICAULT (J. L. Th.)

444. — Première pensée pour l'Homme enchaîné par la Volupté et la Folie. A la mine de plomb.

GILLOT (Claude)

445. — La Passion de l'or. Contre-épreuve de sanguine.

GIRODET

446. — Ossian. Important dessin au crayon noir avec rehauts de blanc.

GRANET

447. — Couvent de St Jean et St Paul sur le Mont Cenis. A la plume, lavé de bistre.

GUYS (Constantin)

448. — L'Officier et les deux Femmes. A la plume, lavé d'encre de chine, de sépia et de bleu.

449. — Horizontales. Quatre dessins à la plume et encre de chine, un légèrement rehaussé.

450. — La Promenade. A la plume, lavé d'encre de chine.

451. — La Calèche — Les Deux cavaliers. Deux dessins à la plume, lavés d'encre de chine.

HENNEQUIN-PAGNEST

452. — Jugurtha — Mort de Socrate? — Allégories — Etudes d'après l'antique. Huit dessins ou croquis.

HERVIER (Adolphe)

453. — St Germain, 1864 — Une rue de village — Scène de marché. Deux croquis rehaussés d'aquarelle sur la même feuille. Signé.

454. — Croquis de paysannes, 1870. A la plume, légèrement rehaussé d'aquarelle, daté — Coin de maison. A la mine de plomb. Deux dessins.

HOOGHE (Peter de)?

455. — Le Moulin à eau. A l'encre de chine. Coll. J. Gigoux.

ISABEY (Eugène)

456. — Portraits-charges de Tariot, et de Constantin, architecte. Deux dessins, plume et sépia.

457. — Paysage accidenté, 1831. A la mine de plomb. Signé et daté. Coll. Le Beuffe.

458. — La Vague. Au crayon noir, rehaussé de blanc (Vente Isabey).

459. — Alger, 20 juillet — Paysages. Neuf dessins ou croquis à la mine de plomb.

JACQUE (Charles)

460. — Etude de femme couchée. A la mine de plomb. Signé.

JALEY

461. — Statue de Bailly, 1836. A la mine de plomb.

JAPON

462. — Chevaux — Oiseaux — Poissons — Etudes de plantes et de fleurs. Dix dessins japonais.

JEANRON

463. — Ste Madeleine — Cour de Ferme — Etudes de figures. Huit dessins ou croquis.

JOHANNOT (Tony)

464. — Boissy d'Anglas à la Convention. A la mine de plomb, lavé de sépia.

JOYANT (Jules)

465. — Vue de Venise. A la mine de plomb.

LALANNE (Maxime)

466. — La Rivière ombreuse — Cabane de bucheron. Deux fusains signés.

LAMI (Eugène)

467. — Royal Artillery — Private of the 2 or Royal North British. Deux dessins rehaussés d'aquarelle.

LANÇON (Auguste) — MARCELLIN

468. — La Chasse aux oiseaux, l'hiver — Etudes d'homme. Le Financier. Trois dessins. A l'encre de chine et au crayon noir.

LAPOSTOLET

469. — Rue de Village — La Seine à Ivry — Une Carrière. Trois dessins.

LE CLERC (Sébastien)

470. — Vignettes pour ? Titre et six dessins à la plume, lavés d'encre de chine.

LEGROS (Alphonse)

471. — Un Squelette. Au crayon noir.

LEHMANN (Henri)

472. — Etude de femme nue. Au crayon noir avec rehauts de blanc.

LE MOINE

473. — Etude de Satyre. Au crayon noir.

LÉPICIÉ (B.)

474. — L'Eglise de ? Aquarelle et gouache.

LE POITTEVIN (Eugène) — MARVY

475. — Une rue de Vitré ? — Paysages. Trois dessins à la mine de plomb.

LE ROUX (Eugène) et MOUILLERON

476. — Frontispice pour l'*Album de six Romances* — La Bouquetière. Deux dessins à la mine de plomb et à la plume, lavé de bistre. On y a joint une épreuve des lithographies d'après ces dessins.

LORRAIN (attribué à Claude Gellée, dit Le)

477. — Paysage montueux. A la plume, lavé de bistre.

MARIE (Adrien)

478. — Costumes de Cérémonie de la Garde Royale anglaise ? Deux dessins sur bois.

MARLET

479. — La Bénédiction nuptiale — Bain public. Deux dessins à la plume.

MAUFRA (M.)

480. — La Plage, 1899. Au crayon noir, rehaussé d'aquarelle. Signé et daté.

MICHEL (Georges)

481. — Le Pont de la Concorde, à Paris. Croquis à la mine de plomb.

482. — Paysages. Cinq fusains.

MOINE (Antonin)

483. — Figures pour un monument, 1845. Crayon et encre de chine.

MONNIER (Henry)

484. — Femme assise, juin 1856. A la mine de plomb. Signé et daté.

485. — Tête d'homme — Le Bourgeois à la choppe. Croquis divers. Quatre dessins ou croquis.

MOREAU (Louis)?

486. — Le Pont de bois.

ORSEL (Victor)

487. — Le Chemin creux. A la mine de plomb avec rehauts de blanc.

PATEL (P.)

488. — Paysage au Silène. Signé. Coll. J. Gigoux.

REDON (O.)

489. — Hallucination. Fusain. Signé.

RIESENER

490. — Etudes de femmes. Trois croquis à la mine de plomb.

ROBERT (Hubert)

4 — 491. — La Rotonde. Contre-épreuve de sanguine.

ROLL

8 — 492. — Etude de Femme. A la mine de plomb.

ROPS (Félicien)

9 — 493. — Etudes de têtes. A la plume et crayon noir. Signé des initiales.

ROQUEPLAN (Camille)

11 — 494. — Jeune Femme debout, en pied. A la mine de plomb.

11 — 495. — Jeune femme assise sur un divan — Tête de femme — L'Ecluse. Trois dessins à la mine de plomb, signés.

ROUSSEAU (Théodore)

70 — 496. — La Lisière de bois — La Rivière. Deux dessins à la mine de plomb.

18 — 497. — Roches et bruyères — Le Chemin montant. Deux dessins à la mine de plomb.

22 — 498. — Les grands arbres au bord de l'eau. A la mine de plomb.

20 — 499. — Arbres et roches — L'Allée d'arbres. Deux dessins.

15 — 500. — La Plaine — La Hutte. Deux dessins à la mine de plomb.

10 — 501. — La Charrue — Paysages. Quatre dessins ou croquis.

SAINT-EVRE (Gillot)

9 — 502. — Bohémiennes, 1820. A la mine de plomb. Signé.

SAINT-MARCEL (Edme)

2 — 503. — Le Lac (Salon de 1861). Au crayon noir, légèrement rehaussé de pastel.

504. — Lion dévorant un morceau de viande. Au crayon noir.

505. — L'allée dans le bois, l'hiver — Etudes de fauves. Trois dessins.

SINET (Etienne)

506. — Portrait de Femme. A la mine de plomb.

TARAVAL (Gustave)

507. — La Déclaration. Au crayon noir avec rehauts de blanc. Signé.

TOURNEMINE — VILLEVIEILLE

508. — La Mare aux vaches — Bords de la rivière. Deux dessins.

VAGA (Perino del)?

509. — Mater Dolorosa. A la plume, lavé de bistre.

WATTIER (Edmond)

510. — La Surprise — La Peinture — La Musique. Trois dessins en sanguine, deux signés.

WILLETTE (A.) — SOMM (H.)

511. — Lettre E, croquis par Willette — Parisienne, croquis par H. Somm.

WYLD (William)

512. — Vue de Venise — Monuments au bord de la mer, 1847. Aquarelle et dessin.

513. — Sous ce numéro il sera vendu par lots, un certain nombre de dessins et d'estampes non catalogués.

IMPRIMERIE

FRAZIER-SOYE

153, Rue Montmartre

PARIS

www.ingramcontent.com/pod-product-compliance
Ingram Content Group UK Ltd.
Pitfield, Milton Keynes, MK11 3LW, UK
UKHW021013180726
13838UKWH00004B/1534